Tadpole Books are published by Jump!, 5357 Penn Avenue South, Minneapolis, MN 55419, www.jumplibrary.com

Copyright ©2020 Jump. International copyright reserved in all countries. No part of this book may be reproduced in any form without written permission from the publisher.

Editor: Jenna Trnka   **Designer:** Michelle Sonnek   **Translator:** Annette Granat

Photo Credits: chrom/Shutterstock, cover; Matee Nuserm/Shutterstock, 1; Jay Ondreicka/Shutterstock, 2mr, 3, 14–15 (left); Re Metau/Shutterstock, 2br, 4–5; Eric Isselee/Shutterstock, 2tr, 6–7; Cathy Keifer/Shutterstock, 2tl, 8–9, 14–15 (right); Anest/Shutterstock, 2bl, 10–11; Captainflash/iStock, 12; Nick Hawkins/Minden Pictures, 2ml, 13; TessarTheTegu/Shutterstock, 16.

Library of Congress Cataloging-in-Publication Data
Names: Nilsen, Genevieve, author.
Title: Veo orugas / por Genevieve Nilsen.
Other titles: I see caterpillars. Spanish
Description: Minneapolis, MN: Jump!, Inc., (2020) | Series: Insectos en tu jardín | Includes index. | Audience: Age 3–6.
Identifiers: LCCN 2019000467 (print) | LCCN 2019001845 (ebook) | ISBN 9781645270003 (ebook) | ISBN 9781641289993 (hardcover: alk. paper)
Subjects: LCSH: Caterpillars—Juvenile literature.
Classification: LCC QL544.2 (ebook) | LCC QL544.2 .N5618 2020 (print) | DDC 595.7813/92—dc23
LC record available at https://lccn.loc.gov/2019000467

VEO ORUGAS

por Genevieve Nilsen

TABLA DE CONTENIDO

tadpole
en español

PALABRAS A SABER

espinas

manchas

mariposa nocturna

orugas

pelo

rayas

VEO ORUGAS

¡Veo insectos!

raya

Veo rayas.

mancha

Veo manchas.

espina

Veo espinas.

9

pelo

¡Veo pelo!

oruga

¡Esta se convierte en una mariposa nocturna!

mariposa nocturna

¡Guau!

oruga

¿En qué se convierte esta?

¡REPASEMOS!

Las orugas pueden ser de muchos colores. Pueden tener manchas, espinas o pelo. ¿Qué observas acerca de esta oruga?

ÍNDICE